ニガイチゴ

新倉　葉音

川島書店

Photographs

Michelangelo, *Medici Madonna*

Michelangelo, *Giuliano de' Medici/ Day*

Ulm

Siena

Kostrza/ Häslicht

ニガイチゴ

新倉　葉音

目次

朝起きて手を合わせると

指の先まで温かい
しっとりとして
汗　それとも生きているしるし
目を閉じると
出会ったこともないあしたを
だれかを
今　戦場で右往左往する
温めてあげたい人たちを

呼び寄せ
混とんとしてにぎやかだ
東の窓から
電球色の陽光が射しこんでいる

聞こえているのかどうか
一方向にばかり傾いているようで
それでも双方向への想いは
捨てるわけにはいかない
なにもできないのに

今朝は小鳥たちが鳴いている
営巣をあきらめた山鳩までやって来た
パトロール鴉がいないせいなのだろう
静かな時はどこかに潜んでいるのか

逃げだしているのか
彼らは飛べる

今日は暖かく乾燥した晴天
全ての窓を開け放し
家じゅうの空気を入れ替えようと
ろうそくの火を吹き消す

蔓イキカエル

家の駐車場にランドセルが転がっている
少年がふたりしゃがんで何かを見ていた
「車を停められないからどけてちょうだい」
声をかけても動こうとしない
降りて近づくと
「死にそうなんだ」
小さな排水溝の近くで
蔓がうつぶせに伸びている

「ノシガエルね」
ひとりがこちらをじろっと見た
私もじろっと見た
六年生か
大人になりかけた太腿をした少年だ

しかたなく空いている側にようやく停めて
買い物袋を両手に行きかけると
水を張ったステンレスボウルのなかに蟇がいた
背筋を伸ばして座っている
ひとりは帰ったらしい
「さすが両生類ね、生き返ったじゃない」
またじろっと見た
視線はすぐに蟇に戻り
いつまでも頭をなぜている

庭に棲んでいた一匹が水場を求めて
のろのろと道路に出て行き
陽射しにやられたらしい
蛙も私も
同じ空間に存在して
お互い不干渉に過ごしているだけだが
なんとなく認め合っているような気もしている

椿象《かめむし》がやって来た

冷えるので
籐椅子の上の膝掛けを
取り上げると
なにかがコツンと床に落ちた
緑っぽい五角形の大きな椿象だ
洗ってたたんでおいたフリースに
くるまれ越冬しようとしているのか
生死はわからない

紙に包んで潰すと
強い臭気がした
生きていたのだ
残臭が漂う

そういえば秋口から何度も洗濯物に
椿象が突撃してじっとしていた
森も林もない都会のベランダに
飛んでくるなんて
初めての現象にとまどうが
冬もすんなりやって来ない
温かい雨の降るこの季節でもやはり
家のなかで過ごしたいのか
口吻で吸い取るものものないのに

僅かな隙間からぞくぞくと
侵入し産卵でもしたら
集団でじっとしていたり
のろのろ歩いたり
夜具のなかまでもやって来る
臭いもあたりまえのようになって
共存するということは
感覚を柔軟に変化させることなのか

とりあえず春を待つしかない
見たこともない「椿象コロリ」を探しに行こうか

静かな日に

ひろげた布を堅くたたみ
小さな隙間に押しこんだのに
またとり出してしまう
そのくり返しに透きとおった錠を下ろし
外れないつながりをながめている
繕うには古く毛羽立っていて

風もないのに朝からの青空

強い日射しに
十一月の日傘がときおり過ぎる
テデーポッポッ　テデーポッポッ
雉鳩が鳴いている

大木になりかけている庭の銀杏の木
そのなかで雄鳥が雌鳥に
営巣を知らせているらしい
求愛の鳴き声に呼応して
遠くからテデーポッポッと番の声

気の抜けたそれでいて
安らぐような小馬鹿にされているような
鳴き声に
そんな意味があったとは

誰にも言わないことにしておこう
こんな日は
動かないようにしていよう

その先には

追いつこうと
早足で歩き始める
縮まらない間《あわい》
同じ歩調で歩いているのか
わたしの足音が聞こえているのだろう
何度も振り返るのに
歩調を緩めない
止まりもしない

坂の下の丁字路が見えて

そのひとは左に
わたしは右へと
ほんとうは左に行きたいのに
「待って」のひとことが言えずに
どこへゆくのか
満天星《どうだんつつじ》の生け垣を回りこみ
ほっとして
たとえ追いついて
肩を並べて歩いたとしても
なにかを語り合えたろうか
蟠りが消えただろうか

遠慮がちに歩いていたのは

先ばかりを見ていたから
足下がすくんでしまったのか
気付かれたくない矜持だったのか
巡礼のように一途に歩いてみたい、と
点描のように咲く小さな白い花を
掌をすべらせ撫でていると
満天の星々が白く輝いているようで
その先は美しいものだけを
見ていこうと歩き始めた

露草の青

白い壁に寄りかかる一叢の露草
茎を這わせて立ち上がり
両耳を開き咲いている青い花
いっせいに陽の光に向かって
何を聞いているのか
風の音
退屈なおしゃべり
白い花びらを

もう一枚隠しているから
私には聞こえていないものまで
聞いているのかしら

天の真実を伝えているという
聖母マリアのマントはいつも青
サンゴ礁の向こうにひろがる
濃紺の深い海の色
露草の青は
フェルメールの描いた
〈真珠の耳飾りの少女〉の
ターバンの色
どちらもウルトラ・マリン色だから
ラピスラズリ由来の顔料で
画家はそれぞれの海を想い描いている

数時間で萎れてしまう花でも
引き抜きはしない
その青が大切だから
耳が大事だからと
日々露草に伝えているが
聞いているのかしら
私はただ露草が海の色を
さり気なく
引き寄せてくれているのが嬉しいだけ

贈りもの

いくつもの花の
その重さに
微かにゆれている山百合
大きく育ったつつじの
根元に隠れるように
初めて咲いたのか
気づかずにいたのか

「もしかして」と立ち上がり
斜面に建つお隣の家を
見下ろすと
階段の両側の植え込みに
山百合が並んで
ゆらっと顔をだしている
有馬さんが階段を上ってくる姿が
見えた

楽しませようと
掌にのせた種を風に運ばせたのだろう
どこに根付こうが三年もたてば
花が咲き　見る人すべてに
新鮮な喜びがやってくる
有馬さんは昨年逝ってしまわれたが

草取りをしながら
土の中にはシード・バンクがあることを
教えてくれたのを思い出す
「今年は狗尾草《えのころぐさ》が全盛なのね」
「来年はなにかしら」とか
汗を拭きながらいつのまにか話しかけている

陽光

その坂を上って
すぐに曲るつもりでいるのに
止まってしまうのです
行かなければと
いつも気持ちにあるのに
また逸らしてしまって
行きつけないでいる
私のいない家

坂を下りてゆくと
ひとむらの桂の樹
芽吹いて間もない淡い緑を
空に翳して戯れている
傾きも目指す先もてんでに
それぞれのリズムで踊っている
それでも伸び上がり
陽光をつかみとり
内に取りこんでいく

私もへたな踊りで
樹になってくねくねと
ここにいてもいいですか
今日もあの家に行きつけなかったけれど

いつだってひとりなのは
わかっているのに
誰になにを望んでいたのか
逃げたいための
消えたかったための
ただの心象だったのでしょうか

そんなありさまを悟られないように
用心して歩いているのです
やっと座れる椅子を見つけ
陽を浴びています
見上げる淡い緑が艶やかな緑に
そして空を閉ざす深い緑へと
変わっていくさまを
時間を止めて眺めています

どうすればあんなふうに
自分のためだけに生きられるのかと

大脳皮質

真夜中に湯船につかり
手足をぐぐっと伸ばし
身も心も明け放しなのに
思いだしたくもない
したり顔が浮かびあがる
あのときの言葉や
目の動きさえも

脳が支配している肢体の
こんな無防備な一瞬に
古い皮質が呼び覚まされたのだろうか
ごみ箱に捨てたはずの人たちが
日ごと現れる
新しい皮質では整理しきれない
あるいは
割り切れないまま捨てたものが
溢れだし
水浸しになっているのだろうか

今日の御方は修復できそうな
そうしたかった人ではなかったか
ボディソープを流しながら
考える

そう思っているのは私だけなのかと
ふふっと笑ってしまう

次は誰が現れるのか
怖くはないが
滅入るので
探ったりはしない
記憶のごみ箱に
埋没させたまま
知らん顔をして生きている

あの白い花を——山本楡美子さん追悼

朝起きて雨戸を開けると
空っぽの木蓮の根元から
大きな鳥が翼を広げてまっすぐに飛び立った
驚いてしゃがみこんだ瞬間
あなたが天に向かって飛び立った気がして
ざわざわする腕を摩りながら
しばらく外を、空を眺めていた
春を待ち焦がれるころだった

初めてお会いしたとき
「すてきなお名前ですね」と言ったのは
楡美子の「楡」がニレだから
自然を愛するもの同士
きっと波長が合うものと
詩を読み合ううちに領けて
詩に書いた白い花の名を尋ねられ
あの夕間暮れに見た群生する白い花を
お見せするつもりでいたが

去年の春はとおり過ぎ
メドーセイジやおかめ蔦が勢いづき
白い花のひろがりが後退し始め
今年の春にはきっとお連れしようと決心したのに

好きな楡の木はどこにあるのかと尋ねたかった
私の名前は楚々とした葉音ではなく
雑木林に吹き荒ぶ風の音なんですよ
と言ったら笑うかしらとか考えていたのに

やり残したことが気にかかり
取り返しのつかない
どうにもならないことや
やりたいことができていない焦りに
苛まれるとき
あの青白く光る白い花がいっせいに
こちらを見ている気がすることがある
これからはあなたも一緒に
そのひろがりを見ることになるだろう
あなただったらなにを感じるのだろう

桂の林から

今日はほうきおじさんが来ていない
枯れ枝模様の青い空が突きぬける
桂の黄色い落葉が厚く散り敷いて
足首まで沈む
つま先で蹴り上げ蹴り上げ進む
枯葉の絡まる乾いた音
萎れた葉の甘い香り
時間を往き来する寂しさも忘れて

動きを楽しんでいる

あのおじさんもそうなのか
竹ぼうきをせっせと運び
風が吹けばまた散り敷いてしまうのに
落葉の山をいくつもこしらえていた
竹ぼうきを自転車に括りつけて
好日にだけやって来る
季節ボランティアふうな人
自然のままにしたい公園には
迷惑なのかも知れない
腐葉土用の枯葉集めではない
ただ楽しんでいるだけなのだ
生き生きとしていたほうきおじさん

地面からニョキニョキと生えてきた
キノコのような
赤い帽子の幼児たち
キャッキャッと落葉を放り上げ
楽しそうだ
これがピュアな無邪気というものか

「無邪気さ」をひた隠し
邪気につけこまれないように
背筋を伸ばしマスクをして
街中の世の中に歩きだす

浮遊する

柳絮《りゅうじょ》のはずはないのに
風に綿毛が浮遊している
池の端に佇む人たちに
行く先を逸らしたい
通りすがりの私に
ふんわりかすっては飛んでゆく
風の吹くまま散乱しつづけ
吹き溜まってはくるくるまわっている

浅瀬から綿毛は吹き出していた
枯れた一叢の葦や茅が
春を待っているのかと
気にも止めずにきたが
姫蒲の穂が強い北風を待っていたのだ
花火の残滓ふうの
破れかぶれの風貌だ
無数の種が水面で上下している
水底に行き着けるのだろうか

細波が立っている
忙しなく切れ目なく
始まりも終わりもなく
足下で弾けたり

遠くで小鴨がじゃれ合っているのは
なんとか見えているが
陽が青白くきつく反射するので
くらくらしたまま
流されて

対岸の落羽松《らくうしょう》の林から
耳をつんざく鳥の声がして
見たこともない大きな鳥に違いないと
咄嗟に
太古の池へと
破れかぶれになって
浮遊したかのようだった

似ているようで似ていない

土留の足下に一面の葉の連なり
ぽつりぽつりと咲く白い花に見とれて
歩調を緩めていた
今年も青白く艶やかな
謎のままの四弁の花
たぶんオオユリ山葵かユリ山葵と
行きついたがどうだろう
瓜ふたつなのに同属ではないという

違うと言われても
同じように見えるのは
どこかで枝分かれして
集合したり離散したり
あげくは飛散したり
人と変わりなく
どこまでもひろがってゆくから

この小さな公園にも
海をわたってやって来た
見た目に変わらない人たちが
似ているようでいて似ていない言葉で
花見をしていた
たぶん「きれい」とか言っている

四月だというのに真夏の暑さだ

白い花の群落にほかの植物が入りこみ
様子が変わってきている
庭で育てようと
山野草の白い花を探しまわると
あったのだ
菊とは思えない白雪菊という名で
日陰に植えると案外気まぐれで
陽のあたる方へと進んでゆく
際が好きなようだ

撚れたり絡まったりしながら
続いていく一本の糸のような日々
気まぐれもいいのではないか

謎は謎のままで

見られている

誰もいない樹林
萌え木のドームの下で
ひとりだけのピクニック
おにぎりを手にとると
嘴細鴉《はしぼそがらす》が低空飛行で向かって来て
隣のベンチの背に留まったのだ
首を回してずっとこちらを見ている
春を楽しみに来ただけなのに

気が気ではない

ふっといなくなったが
ゆっくりする気にもなれず
立ち上がり見上げると
ヤツはいた
横へと伸びた桂の枝に留まって
私を見下ろしている
急いでとおり過ぎ　振り向くと
座っていた足下をつついている

縄張りで覚えこんだルーティンを
こなしていただけなのだと思うと
呆れるが
生きるためのルーティンを

毎日こなしてここまできている私と
そう変わりはない
いつかそれも望めなくなる日がくるのを
知ってはいるが
鴉もたぶん学んでいるはず
いつか仲間に喰われる日がくるのを

とりあえず今日一日は
いつもと同じに終わるのだろう
同じ場所で
私もヤツも

仙川平和公園で遊ぶ

朽ちかけた木製のテーブルに右肘をついて
詩誌を読んでいると
小さな蜘蛛が左手に近づいてくる
「遊ぶ?」と声をかけ冊子で払う
バンジージャンプさながら落ちていったが
しおり糸を手繰ってはまた現れる
二度・三度繰りかえすうち
私の腕の上を歩いている

摘まんで放り投げる
糸を吹き流してどこかに飛んでいった
なにが起きても大丈夫そうだ
地獄など覗いたこともないのだろう

見上げると自然のままの
ヒマラヤ杉や欅、樅などの大木
公園内には護岸の底に仙川が流れ
両岸の桜並木
被爆由来の樹木も植えられ
道路からは濃い緑を背景に
平和の像*の見える公園
通り道にもなっている
桜の季節以外は
訪ねてくる人はなさそうだ

一周してみると
一〇分もかかっていない
痴漢注意の看板もあり
森閑としていて人に出会うとドキッとする
公園の成り立ちを読むと
戦後七十五年を機に
仙川平和公園と改名されたという
そういえば、ここは
非核平和宣言都市をまだ捨ててはいない
もう流行らないのに

あの小さな蜘蛛と遊んだひと時は
平和そのものだった

＊平和の像／作者は北村西望。長崎市にあるものが原型で、縮小して製作されたもの。

橋を渡ると

そこにはいつも
戯れる鳥たちがいた
そのまま行くと急な坂道があって
風が吹き抜けている
右には塒《ねぐら》にもなる落葉樹の疎林
左には欅の広場
鳥たちは縦横無尽に飛び回り
ここは鳥たちの十字路

遊歩道を行き交う人たちの頭上に
あたりまえに別の世界があった

ベンチに座り櫟の高木を眺めている
今日は風もなく穏やかだ
樹下にのろのろと歩く雉鳩が一羽
その向こうには小さめの鴉
一緒に地面をつついている
枝先には中くらいの鴉
樹の中央には黒光りした
大きな嘴太鴉が偉そうにしている
三羽は三方から雉鳩だけを視ている

お節介でも偽善でもなく
自然の摂理に逆らうつもりもなく

やられるのは見たくないから
雉鳩を追ったが
暗い方へと暗い方へと歩いて行くだけだ

ああまた鴉の縄張りが増えてしまった
戯れていた鳥たちはどこに隠れているのか
どこの世界にもあるような話ではあるけれど
この先にある深い護岸に張りついた
アッカンベーをしている巨大舌でも見にゆこうか
誰が植えたのか朱い凌霄花《のうぜんかずら》は花盛りだ

早春のエフェメラル

枯れ木の根元で自生のように
何気ない福寿草が
隣の屋根をかすめ始めた陽の光に
今年もぽっつりぽっつり咲いている
はかない花とか春の妖精とか
いわれているけれど
やっととどいた温かさを吸いこんで
起きがけの昆虫たちを誘っている

かがんで見ていると
気持ちだけ春めいて
庭の木々の芽吹きは、と
見まわしてもまだ埃をかぶったままの
多少の針葉樹と葉を落とした広葉樹
朽ちかけた切株
庭仕事に救われていると言っていた母
消えた人の記憶がそこここから
覗いている

母が捨てきれないでいた庭だから
未生からの樹木さえも
育つままにしておいたのに
共に堪えてきた生き辛さを

その思いは伝わらないまま
ひっそりと
更地となり消えてゆくのか

日陰に葉を広げている春の妖精は
やがて夏の土のなかで
早い春にそなえているのに

陽だまりで

押し返せない
近づいてくる死に
いらだつ妹を見舞って
そのまま帰れそうもなく
病院裏の雑木林にぽつんとある
傾くベンチに座っている

赤松の高木が何本かゆらゆらしている

冬の雑木に囲まれた
陽だまりに
鳩が三々五々飛来し
すぐに集団になって首をクックッと
前後させながら迫ってくる

この小動物の完璧な柔らかい曲線
艶やかな羽毛
暖かい肌から伝わってくる波動
同じ波動のなかで生きるのは楽なのだろうか

無心にその動きを見ているのに
隣に中年の太った男がどん、と座った
鳩たちは一瞬消えたが
彼の袋をまさぐる仕草に

松葉のなかから次々に飛来し
地面の集団はさらに大きくなった

「私はねえ　一日中やることが何もないんですよ」
「いかがですか」とカップ酒をさしだされた
「いえ、車なので」と私
彼は酒を片手に餌やりをしながら
「鳩の餌代だって結構するんですよ
でも来ないわけにはいかないんです
待っているんでね
働く気がないわけじゃないんですよ」と
独り言のように言う
「今働いているじゃないですか
仕事は趣味だと思ってやられたらどうですか」と
知ったようなことを言ってしまったが

答えはない
ただやるせない波動が伝わってくるだけだ
彼の定位置を侵してしまった非礼を詫びて
駐車場へと歩きだしたが
頭のなかは鳩の　男の　そして妹の
波動が入り乱れ風が吹き荒れている
どう収めればいいのだろう
カップ酒を買って帰るのも一案だが

いたみ

足首に激痛がはしった
順番待ちの足形の上には
列には誰もいなかったし…
レジの人に「どうぞ」といわれ…
慌てて足下を見ると
シフォンプリーツのスカートに
ソールの突きでた大きなスニーカーがあった

商品棚に挟まれた狭い通路で
品物を見ている後ろ向きの女の横を
擦りぬけて行こうとしたような
一瞬のことだった
偶然ではないのだろう
この痛みだ
女が隣のレジに来たので
横を見ると
さらに横を向いたのだ

同じ人間なのに日本人なのに
属性が少し異なるだけで
何度もけられ　けなされ
その度に咄嗟の言葉を飲み込んで
沈黙してしまったから

積み重なるいたみを
時の経つのを
忘れてゆくのを
待っているばかりだった
ほんとうはその理由を知りたかった
今も

ドアが開き押しだされると
そこは駅前広場
行き交う人たちのそのなかに蹲り
青痣になりそうな傷を摩りながら
待ち続けた
今日は聞きたかった
何故そんなことをするのかと

諦めてゆるゆると歩き始める
線路際に立ち壺菫が咲いている
アスファルトを押し上げ小さな穴から
今年初の菫の花束が吹きだしていた
笑顔になったはずなのに
無意識にむしり取っていた

路草を辿れば

気のすすまない幼い日の買い物
ガラス瓶のはいった籠を渡され村の油屋さんまで
坂をくだり里芋畑を右へ回りこむと小川の橋
その先はゆるやかにのぼる畑のなかの路を行く
地下足袋に脚絆のお百姓さんが
種まきが始まるのか畝をつくっている
振りあげるたびに陽の光に刃物のようにキラッと光る鍬
しゃがみこみ見とれていると

こちらを見てニコッとした
この辺りではめずらしい優しいおじさんだ

路は畑に沿って左に右にまた右へ曲がって
ようやく玉川上水の橋
てすりに顎をのせてすぐ下の
渦巻く流れをいつまでも見ている
なに色だろうと考えていたがひらめいた
これは絶対に栗けむし色だと
嬉しくなって村の怖い墓場もとおり過ぎ
人見街道につきあたって右へ

両側には大きな農家が向き合っていて
ところどころに平屋の商店がある
すぐの桶屋さんにはいつも楽しい音があった

ぴたっと桶を収める手際の良さに見とれていても
一心に仕事をしている
つぎの油屋さんではまたやられた
「ガイジンの子が菜種油をごんごうくださいだって」
と言ったとたん
まわりにいた人たちは大口を開けて笑っている
なにも言えなかった（五合《ごんごう》ってそんなにおかしいの？）
隣の竹籠屋さんの手さばきの見事さは相変わらずなのに
もうなんだか楽しくない
向かいの研ぎ屋さんも刃物に囲まれ一生懸命だ
四つ角のお地蔵さんを見て右の坂を家へと
重い籠をコツンコツンと路にぶつけながら

地蔵尊がいつも結界を張っていることを知ってから
過ぎていく時と変貌してゆく景色を眺めているだけだが

ひっかき傷は度々向こうからやってくる
人の気持ちは変わることなくつながり続けているらしい
栗けむしの色が決して変わらないのと同じように

第三ピア

崖の上から
海に突きでる埠頭を見下ろしている
見捨てられたのか
建造物と海と空だけのシドニー港
点々とオレンジ色の街灯が点り
残照に溶けていく
困難を抱えたままの母が
雲の隙間から

心配そうに覗いている

スーツケースに座り
日が暮れていくのを見ていた
英語の話せない運転手は
メーターを指さし
恐ろしい形相でまくしたてるので
料金を払うと
荷物を降ろして行ってしまった
呆気にとられたまま怒りが収まらない
あれはギリシャ語で彼は移民だとしてもだ

薄暗くなってくる
第三ピアの看板も乗船するはずの貨客船も
遠くへ消え入りそうで

崖の急な小道を荷物と一緒に
転げ落ちそうになりながら
護岸へとたどり着く
物音ひとつしない
人も生き物もいない
頼りになるのはオレンジ色の光だけ
ひとりきりだ

ずっと以前の出来事なのに
第三ピアでの光景が
何度も何度も現れる
自覚の足りない孤独のせいなのか
あるいは母と同じように
歩んできているせいなのか
いずれにしても逝ってしまってからは

母をあの残照そのもののように感じている

国境を越えアムステルダムへと

デュッセルドルフからアムステルダムへの
高速道路には国境がない
知っていてもわからないまま
そのスピードに追いつけそうもなく
道路の両側に雑木林が続いていたのがドイツで
牧草地が広がっているのがオランダなのだと
私なりに納得したが

太い車列は隣の国へといつのまにか突入
ベルギーからやってくる高速道路Ａ２へと流入すると
大動脈はやがてアムステルダムの環状道路Ａ10へと一直線だ
人の動きが国を越えてしまっている

国がなければ平和になるのかしらと
想像していたが
四ヶ国語を話すという現地の人が流暢な英語で
「大国が押し寄せてきたら僕らは両手を挙げるしかない
だから必死で言葉を学ぶのです」と言っていたが
現前する国を背負った人々には
島国にはない緊張感が存在している
隣の国の人は嫌いでも
生きていくのが先というところなのか

道路脇でショベルカーが溝を掘っている
運んでいるのは土ではなく湿った砂ばかりだ
もうアムステルダムの郊外に来ているらしい
ここはアムステル川にダムを設けて造りあげた
干拓地

水上住宅を眺めながら運河沿いをゆくと
この街が繁栄を極めていた頃の街並みが見える
レンブラントが歩きでてくるようだと
のんびりそぞろ歩きをしていると
自転車が強くかすった
驚いて前を見ると
ヘルメットにサングラスの大きな女性が
止まって振り返りこちらを見ている
外国人だとわかったのか行ってしまったが

周囲を見回すと自転車専用道路の標識があった
ここは日本ではなかった
私は小さなアジア人なのだ

ニガイチゴ

風が運んできたのだろうか　とおり過ぎるだけだった茨の藪に白い点がひろがっている　いつになったら春は来るのかしらと待ちわびるこの季節になにが起こったのだろうと近づくと　見たこともない五弁の白い花が咲き乱れている　隙間だらけの小さな花びらは　張りもなく頼りなげに　新緑ともいえない紫がかった茶色い葉の上に散らばっている　緑が盛りあがり様々な色の花が咲きだす

と　元の棘だらけの木に戻り浅い根を縦横に走らせ　新茎があらぬところから直立　そうして藪をひろげていくニガイチゴ　見向きもされない佇まいなのに　バラ科キイチゴ属　お仲間は大勢いても　自分たちだけが獲得した術を繰りかえして生きている

私もそうしてみようか　今日はこの藪に逃げこもう　仲間をまたひとり失ってしまったから　きっとここなら私がいても無視してくれるに違いないそおっと潜りこむ　とそこにはやはり妹が棘まみれになって座っていたのだ　あちこちにいるのは解っていても　もうどこにもいない妹　あの白い花は私を呼んでいたのだろうか「またアイノコを相手にしたくないって　信じていた人から感じ取

ってしまったのね　私たちそういうのすぐ判るから　母親が言ったでしょう　正しいと思うことを言うと苛められるからおとなしくしていなさいって」といつもの話が始まる　私もいつの間にか棘まみれになってきている

ふたりは仲の良い姉妹だった　お互い唯ひとりの味方だった　妹には友だちはいなかったが私には何人かいた　父親のいない子ばかりだった　私には病気がちの父親はいたが　私たちには何かが足りないようで　一緒にいてもなんだか寂しかった　孤立しているからではなく　そのほかの子供たちの目の動きですぐ判るのだ　親が私たちのことをどう言っているのかが　なにが足りないかを考える以前にそれが当然のこととして身についてしま

っているから　足りている同質の人たちには近づきたくもなかった　ある時なにを思ったのか囃し立てる男の子をねじ伏せてしまったのだ　ニガイチゴの棘どころではない　自分を傷つけてしまうもっと強力な　茎に直接生えるバラの棘が　その時突き刺さったようだ　切り傷もできた　彼らは同じ人間でも異なる人間なのだと　身体中に染みていった

あれこれ思い出しているうちに妹がいなくなっていた　目を凝らすと今度はサルトリイバラにがんじがらめに絡まれている　緑色のオブジェのようでもあり呆れて見ていたが「いいのよ私は神様が救ってくれるから　毎日お祈りしているし」「あなたは優しすぎるのよ」ときつい棘を避けながら蔓

を引き剝がす　こんなに力があったのかと思うほど次々と　姿が見えてひと息ついたとたん　「苛められると判っていて母親はなぜ私たちを産んだのかしら」と聞くので　子供を産むことで生きてこられたと思う　飲み水さえ十分にないところにだって子供は生まれてくるし　と答えたが　私たちがいたから生きてこられたとでも言ったほうが優しく聞こえただろうか　私はただ妹を救いたかっただけだった

風通しを良くしようとオールドローズの藪の剪定にかかる　あちこちから棘に引っかけられるので帽子に厚手の長袖シャツズボン手袋で武装　植木鋏でまず古い枝を根元から切る　途中から出ている新しい枝も惜しみなく切る　シュート（根元か

らの新しい枝）はそのまま　花が咲いてから切る
株は同じだから　どうあっても同じ花が咲く　自
分たちの小さな幸せのためなら人を裏切ること
陥れること苛めることも厭わない　罪悪感のない
そんな人たちばかりだとは思いたくないが　母は
半世紀以上もスパイだと嘘を言いふらされ　それ
を信じる人々　面白がっているのかストレス発散
なのか　その子供たち孫たちにも妙な目で見られ
私の子供でさえガイジンの子と言われる　これは
もうずたずたに切り刻んで　根こそぎ始末してし
まいたいが　シュートは一本だけ挿し木にしてお
こう　美しい花を咲かせたいから　そしてニガイ
チゴの藪を四方にひろげ　ひたひたとやって来る
無神経な侵入者を防ぐのだ

あとがき

二〇二四年、今年も暑い夏でした。といってもまだ夏は終わっていません。猛暑日はないものの、恐らく十一月までは夏模様でしょう。日本列島は南北に長いので、私の住んでいるところに限ってですが。昨年、落ち葉が舞い始めたのは十二月に入ってからでした。今年も短い秋になるのでしょう。そして冬が来て、すぐに夏模様の春がやって来ます。温暖化が進み、ついに亜熱帯気候の地域が促促と北上して来ているものと実感します。世界のあちこちで起きている山火事や、やみくもの火器やミサイルなどの使用も拍車をかけているものと考えられます。

暑さと荒々しい気象に耐えながら、この夏は庭木や鉢植えへの水遣りに気を使いました。耐えているのは植物も同じなので、必要な水の量を考えながらの水遣りでした。その甲斐あってか、薄い葉がチリチリと枯れあがるようなことは避けられました。動けなくても植物は、土に根を張ってしっかり立っていたいのです。私も同じです。物心ついた時からここに、同じところに立っています。植物ほど適応力はありませんけど。

久しぶりにフランシス・ポンジュの『物の味方』（阿部弘一訳）を読みました。詩を書き始めた頃に正津勉氏に紹介されたものだと記憶しています。冒頭にある三篇（「雨」、「桑の実」、「籠」）は忘れ難いものでした。その描写力、洞察力、見え隠れする感受性に驚いた一方、これは詩なのかしらと、疑問に感じました。ところが、長い時間を経たうえで読み返すと、その深さを知るようになりました。こういう詩があるからこそ、もっといい詩を書きたいと思うようになるのだと。本を読んだり詩を書いたりすることが、自分自身への水遣りだったのだと理解しました。途切れたっていいのですいつ止めたっていいのです、と言い聞かせているのですが、本当に水が途絶えたらどうしましょう、とも思います。そんな私の詩を少しでも楽しんでいただけましたら幸いです。

この詩集を上梓するにあたり、いつも応援をいただいている友人の坂井ていさんに、またお世話になった川島書店の中村裕二さんに心よりの感謝を申し上げます。

二〇二四年　秋

新倉葉音

新倉葉音（にいくら・はね）　東京生まれ

1991年　詩集『ロタンの椅子』アート・エイワン・インク
2005年　詩集『傾く麒麟』思潮社
2011年　詩集『日を知る』土曜美術社出版販売
2020年　詩集『夕間暮れに見た白い花』思潮社

詩誌「PAX」発行（2018年-2024年）
日本現代詩人会会員　日本詩人クラブ会員
詩誌「孔雀船」同人

現住所
〒181-0001　東京都三鷹市井の頭1-26-12

新倉葉音詩集　ニガイチゴ

2024年11月20日　第一刷発行　＊定価はカバーに表示してあります

著　者｜新倉葉音
装　幀｜新倉慎右
発行者｜中村裕二
発行所｜（有）川島書店
〒165-0026 東京都中野区新井 2-16-7　電話｜03-3388-5065
（営業・流通センター）電話/FAX｜03-5965-2770
印刷・製本｜（株）シナノ
振替｜00170-5-34102

ISBN｜978-4-7610-0966-3　C0092